외딴 저 집은 둥글다

실천문학시인선 039
외딴 저 집은 둥글다

2020년 6월 30일 1판 1쇄 인쇄
2020년 6월 30일 1판 1쇄 펴냄

지은이 박구경
펴낸이 윤한룡
편집 신한선
디자인 윤려하
관리·영업 이소연

펴낸곳 (주)실천문학
등록 10-1221호(1995.10.26)
주소 남양주시 퇴계원읍 퇴계원로 52 405호
전화 322-2161~3
팩스 322-2166
홈페이지 www.silcheon.com

ISBN 978-89-392-3051-4

이 시집은 경남문화예술진흥원으로 부터 제작비의 일부를 지원 받아 발간 되었습니다.

실천문학 시인선 039

외딴 저 집은 둥글다

박구경 시집

실천문학사

제1부

제2부

제3부

제4부

제1부

외딴 저 집은 둥글다

옹기종기 모여 있는 온기를 저만치 떠나 마을 끝
밭두둑 밭고랑 비탈을 지나
달이 굴러 내린 듯
뒷산 솔잎을 누렇게 뒤집어쓰고 둥그렇게 적적한 지붕을 내려
오지 않으면 온데간데없다 하는 천지간 저 땅거미 속
누가 나왔다가 들어가긴 했는지 외딴집

보고 싶다 외롭다는 인간의 말들을
일러 말하지 않아도 된다는 저 집은 지금 스스로 달을 띄운다
달, 명징한 달

다리 끝에서

다 삭아버린
오래된 시멘트 다리를
몇십 개의 발걸음으로 건너와 뒤돌아보았던 것은
누군가 나를 따라왔다는 느낌 때문이었다

그 기척을 찾아
비에 젖은 한 걸음의 여로를
돌아갔다 되돌아오기도 하는 짤막한 기운으로
나와 꽤 어지간한 정도로 거기 있는
또 하나의 길을
누군가를 바짝 따랐다는 자책과 죄목 때문이었다

내 안으로의 견학

어떤 이가 거길 가 보자고 차를 몰아서
한여름 즐거운 드라이브 길이나 되는 줄 알고 달려왔다
콧노래로 조용필이 나오고
가을 길인지 코스모스도 불려 나왔지만
포악한 맹수의 이빨이 할퀴고 간 것 같은 여주 강가에서
그 노래들은 곧 울음이 되고
그 설움들은 이내 강이 되어 흘러넘쳤다

노예처럼 금모래를 퍼 가는 트럭
소월의 시와 그 노래를 짓부수는 굴삭기
굉음으로 중무장한 뇌리 속 장비들
꾸역꾸역 흩어지는 하늘
보이지 않는 끄트머리로 멀리
먼먼 곳에서부터 발아래까지 하염없이
평생을 그리워했던 사람을 잃고 미쳐버린 여자처럼
수많은 엄마의 얼굴이 괴로움으로 찢기고
수많은 엄마의 목소리들이 울부짖고 있었다

이제 다시는 만날 수 없는 엄마를
또 다시 잃어버리고
황명걸 시인 댁은 들르지도 못했다

노무현을 추억한다

1

저 환한 들판에 이따금 그가 들르면

삐딱하게 기운 자전거 위에서
밀짚모자 건들멋으로 쓰고
발 하나를 땅에 딱 디딘 채
삐딱하게 기운 자전거 위에서
내려서지 않고 그저 배식 웃기만 한다

수줍은 이것이 압권이다

허상이 아닌 실체로서
자신을 던져 역사를 끌고 간 사람이면서도
그렇지 않은가?
자연으로 거기 있는 그이면서도
인간으로 거기 있는 그이면서도
거기 그냥 미안한 것 같기에

이웃 아저씨의 두툼한 손으로
손을 흔들어 낮고 구수한 목소리로
잘들 계셨지요?
인사로도 내려서지는 않고 비스듬히 기울어
삐딱한 그의 자전거는 본때 없다

수줍은 그것이 압권이다

2
죄를 짓고도 알지 못하는
꼭두각시 피노키오 각하
하나부터 열까지
거짓과 변명,
각하를 단죄하던 민심은

추운 겨울 광화문 광장을 꽉 메운 촛불들의 함성으로
우리들이 흘린 그 눈물이
수많은 나비가 되어 춤을 춘다

당신은 그렇게 거대한 나비구름에 휩싸여
나비가 되었다
당신의 좋은 친구 문재인, 대통령이 되어 봉화를 찾은 날
상식과 원칙이 통하는 당신의 나라

나라다운 나라로!

그렇게 당신은 돌아왔다

'아, 기분 좋다!' 며 돌아왔다

짓밟히고 뜯긴 육신과 영혼을 딛고
사람이 먼저인 세상으로 돌아왔다

고니와 오리, 기러기들이 놀고 있는
화포천을 달리던 자전거 바퀴 자국을 따라

단 하나의 사람으로

70년 침묵을 깨는 침목

기차가 들어왔으면 좋겠다
시여, 기차여! 잘 나가기로 경의선 경원선이 복원되고
장장 통일이 이뤄지고
북녘 땅을 통해 러시아를 가로질러
유럽으로 유럽으로 새 길이 열리는 날

무역이 무엇인가?
사람이 다니는 길 아닌가
경제적 동물 용어 물류야!
시는 쉬지 않고 지구를 반 바퀴나 달려왔다

이 땅의 맨 끝으로!
시인이 사는 한반도 남쪽 한려수도 다도해
이 바다는 돌아온 바다
대륙으로 가기 위해 돌아온 바다다
동해 북부선을 연결하고 부산에서 원산, 베를린으로
유라시아 횡단 열차 승차권을 사두자
여기에서 통일로, 대륙으로, 실크로드로, 러시아의 자작나무 숲으로, 석탄 숲으로
짐을 꾸리고 있는 시의 현장으로
시도 저 기차를 타고 싶다
그리하여
유라시아로 뻗어 나가는 철의 실크로드 시대!
여행의 종착지에는
고샅으로 나서는 어미와 자식이 손을 놓지 못하는
마중 나온 자와 돌아온 큼직한 보따리와
흰옷의 사람들로 부둥키며 춤을 추는
기운이 압록으로 치달을 것이다

정과 한이 담긴 유구함은 순간에 다 사라지는 것인가?
그 모든 상상을 펴자
놋대야 속 푸른 하늘과 유월의 녹음으로 설레는

겨울

얼음장 갈라지고 山에 눈보라가 휘몰아치니 건너편 소나무는 등이 굽고 먼 산은 보일 듯 보이지 않아 여러 초록이 부대끼던 한여름도 노란 봄날을 꽃으로 을러대며 분홍이 가득하던 낮은 산과 시내도 추위 속에 가려진 지금은 콧등만이 능선 위에 줄줄이 매서운 때 제 때

바닷가 가겟집

파도는 징 울듯 사람들에게 넘어와
일요일 아침 성당 앞마당에 깔린 채송화가 되고
건너편 철둑 위를 지나가는 경쾌한 쇳소리가 되고
호박잎은 넓적하고 가게에 쌓인 빵과 과자와 빈 햇살이 되고
뒤로 난 순덕이네 집 장독 위에 고인 푸른 하늘빛이 된다

돌아보지 않고서도 아는 누구네 집에서 눋는 점심밥 냄새
바닷바람에 실려 오래오래 퍼진다

거리

그리움은
그가 간 만큼의 공기에 의해 방해받는 사무치는 빛
너무 멀어

애태움
그러나 그리지 못할 그리움

열사흘 동안 내리는 비와 마음과 폭설과
터미널 앞 꽃집 곁으로 가는 삐딱한 자전거와

울지도 못하고
그가 잠시 쉬고 있을 가을 하늘 휴게소 종이 커피까지

그 기나긴 공기 속에서
언제고 아른거릴 것만 같은 희부옇고 그리운

사람에게로 가는 쓸쓸한 거리

하늘 발자국

두 손 모은 구름이 비틀거리며 지나다가

마당의 나무와 꽃밭 위로 얼룩덜룩 공양을 했다

하안거 중

여기는 절간이니 나가서 얘기하자고
목에 맨 풍경으로 소처럼 딸랑딸랑 어르니

나도 저이 가는 길에 향이나 하나 놓겠다고

할 말도 있다고 술 냄새를 감추며

점점 다가가니 내가 살던 집

빗줄기는 걀걀거리며 앞을 덮치고
바람은 들의 뿌리를 파낼 듯이 뒤를 때리는
앞이 보이지 않는 밤길을 걷잡을 수 없어
무섭고 떨리는 발길로 치닫다가 우연히 낡고 오래된 다리를 건넜다

어디선지 본 듯한 감나무가 앞을 막아서고

어깨가 넓은 어른이 밤 자루를 묶는 대로 쌓고 있는 마당가

따뜻한 화로와 둥그런 불빛이
당장이라도 붉은 팥죽을 끓여 들일 것만 같은 내 집 안방이었다
돌아가신 아버지 어머니가 앓고 있는 나를 재우고 떠나는 게
고스란히 보였다

꽃 피는 목욕탕

애지중지 정성을 다해 기른 내 손녀가
이제는 다 커서 서울서 이 할매에게 찾아오면
턱밑에서 예쁜 짓으로 놀아 주거나
목욕탕에 데리고 가 몸을 씻어 주곤 하였는데,
목욕탕 가는 길이 너무 행복한 길이어서
벚꽃들이 한창인 그날에도
이 할매를 이끌고 목욕탕엘 가
무릎에 두 귀가 폭 묻힌 아흔이 넘은 나를 아기 씻어 주듯 한 거야

아 그런데
이 기특한 내 손녀를 보고 눈물 흘리던 어떤 고운 부인이 있었지
자기 딸이 생각났는지 자기 어머니가 생각났던지
내 등을 밀고 있는 손녀 뒤에서 손녀의 등을 밀어 주는 거야
눈물을 줄줄 흘리며 말이지
얼마나 마음이 슬펐겠어

얼마나 마음이 단단하게 좋았겠어
그러자 목욕탕 안은 금세 기차놀이 하듯 뒤를 이어
여인네들이 앞사람의 등을 밀어주기 시작했지

장관이었어
거기 모인 여남은 명의 벚꽃같은 여인들이
그래서 이 사람을 찾습니다! 하고 마음을 올리는 바,
기다리겠다거나 모셔다 드리겠다는 말 한마디 없이
목욕탕 밖으로 먼저 나가 차 시동을 걸고
손녀와 이 할매가 나오기를 기다리고 있었던거야
집 앞까지 태워다 주고는 또 눈물 훔치며 떠나는 거야
고맙다 잘 가라는 인사에도 그저
손만 내어 흔들고는 천천히 떠나간
그 좋은 눈썹의 부인이 아주 멋지지 않아, 시인님들?

강우

뒷집이 안 보이도록 쏟아진다

퍼붓는 그 기세
괴로움으로 술에 취한 동생의 울부짖음 같다

담장 덮어놓은 비닐이 기어내려
멍석처럼 빗물로 펼쳐져 출렁거리고

칠흑이 검은 물감을 잡아먹는다

깃털 뽑힌 대추나무 세 그루도 하늘을 다툰다

비가 살을 파고들며 우는 팔월

어쩌면 비가 살을 파고들며 물컹한, 미역국 끓이던 부엌의 나뭇가지 탁탁 터지는 우중의 팔월이라

살은 찜통 어디에서 왔는가?

아궁이 불길이 방구들살을 어루만지며 우는 동안 먼 곳에서 처마를 타고 줄줄줄 마당 한가득 내려선 어머니

오래 아프지 말고 살라고 백설기 같은 정을 내어주며

부정한 살을 떼어내고 끈질기고 여물게 있으라며 수수팥떡 인절미를 빚던 손으로 이마를 짚어 울게 하는

꽃이 피면 까만 머리가 더 까매진다

꽃이 피면 까만 머리가 더 까매져서
큰동서는 밥과 장국을 끓이고
작은동서는 냉이와 무채를 무쳤으니
어제까지 싸우고 밥도 먹지 않던
형제의 우애가 어슬렁어슬렁
경운기 발동 꺼지는 소리같이 조용해진다

짐 신고 돌아오는 트럭 바퀴가 경운기 뒤를 따라온다
이틀을 넘기지 못하고
밤이 환한 불 주위에 모인다
저 불빛 하나를 밝히려고
종일 논밭으로 읍내로 흩어졌던 길
술 한 병 쑥 내미는 사이
큰동서는 작은동서 나물무침이 맛있다 하고
작은동서는 큰동서 장국이 시원하다고 웃는다

전쟁 때

철삿줄에 묶인 사촌 오촌 마을의 피붙이들이
몰살로 죽어간 골짜기 앞 몇 채의 집
흰 꽃 분홍 꽃
꽃이 피면 까만 머리가 더 까매진다

그때는

그때는 찢어지게 가난한 시절이었으니까
배고프던 시절이었으니까 어디 두고 먹을 게 있었나?
한여름이면 삼베 조각으로 보를 만들어 밥상을 덮어놓고
언제나 오실라나 부채질이나 하는 게 다였지 뭐
아버지가 더워서 식식거리는 소처럼 돌아와서 뚝딱 물 말아 수저를 놓으면
다음에는 어머니가 마당에 내려가 풀냄새인지 풋내인지 아버지와 작두질을 하고 우물을 길어 등목까지 시켜 주고 나면
뒤꼍 감나무 숲에서 사람들의 비위를 맞추느라 집안을 휘감는
시원한 기운이 내려서곤 했지
그때는 뭘 두고 먹고 남기고 자시고 할 것도 없었다 그러니까

세탁기와 얼음장

그때는 아침 추위가 뾰쪽뾰쪽한
미루나무 그늘진 개울로 빨래를 이고 나가
구들장 같은 얼음을 방망이로 깨고 옷가지를 적시면
버들강아지 같은 언니들의 손이 쩍쩍 얼어붙었지

얼어붙다 못해
손등과 팔모가지가 삶아놓은 고기처럼 금세 벌겋게 부어올랐고
춥지 않으려고 빨래를 한참 두드리고 나면 땀이 났다니까
머릿속에서 등짝에서 더운 김이 막 올랐다니까

다 빨아서 집으로 이고 올 때는 손등이 쩍쩍 갈라지고
빨래가 부러지도록 얼어붙었다니까 진짜라니까

제2부

근황

—2007년 12월 7일 서해안 태안 앞바다 원유 유출 사고

누가 미천한 내 마음을 읽고 마음을 움직일까?

살아가는 캄캄한 얘기들이 도처에 있고
서해는 까맣게 죽은 바다가 되었고 한반도는 동강날 지경이다
거기에 가 보지 않고 쓴 시들은 활기가 없고 마음 아프다

내 시는 아픔 깊숙한 곳에 가지 못하고 안방에서 옹알이를 하는가

'눈빛이 자연에 닿았다가 돌아오면 마음도 따라 움직인다'고
문심조룡에서 읽었다

삶과 죽음은 늘 한 편의 시에서 한 몸을 이루고 있는데도
내 머리말의 시는 스스로 말라 있다
임종의 날을 잡아놓고 있는 아버지의 마지막 모습처럼

침묵

야만의 겨울밤은 인정머리도 없고
매우 깜깜하면서도 그 속엔 붉은 것이 있다
그 붉은 것엔 부엌문 열리는 소리같은 발자국이 기웃거리고
동그랗게 모아 놓은 따스운 얘기가 둘러앉아 있다
그것을 방이라고 한다
방 안의 저마다에게 달리 이르는 말없이 그저 침묵인 것도 있다
밖엔 눈이 너무 많이 쌓여 있으니

들판

들판 이쪽 저쪽으로 미루나무들이 드문드문 서 있다
잦은 기침으로 이파리 한두 개를 떨구며 겨우 서 있다

곧 거칠고 쓸쓸한 저녁 해가 곰골 뒤로 스러지고 말 것이다
지난 겨울 눈이 어깨 위에 쌓인 밤
눈썹에 쌓인 밤
떡국을 사러 나선 길에 치매로 세상을 마쳤다는 길갓집 소식을 듣고
전봇대처럼 박혀버린
들판 저쪽에서 새까만 철골 몇 개가 바람 소리를 치며 떨고 있다

철골 위에 눈썹이 앉아 있다
날개를 펴다 만 새 한 마리가 앉아 있다
느닷없는 슬픔으로 오히려 내가 불쌍해지는 들판이다

평화롭게

누구나 돌아갈 때가 되면 가장 간단한 차림이 된다
다만 어머니가 들려준 배냇저고리의 착한 기억을
손바닥 속에 가만히 쥐고
콩꼬투리 돌아나가는 바람처럼 부드럽고 평화롭게

오는 길 가는 길

이 마을로 들어오려면 장례식장부터 지나야 한다
논바닥 멀리 빨갛고 파란 모텔도 섰다지만
짓다 만 아파트의 철근은 붉은 녹을 흘리고
부모 없는 가난한 아이들이 모여 사는 마을도 지나가야 한다

어느 집안의 무덤들이 솔숲 소나무 앞에 나란히 누워 있다
좀 더 지나가면 대나무를 모조리 베어버린 공장 부지가 들어서고
노루마을엔 노인 몇몇이 햇볕 마당에 나앉아 있다
거기서 좌회전하면 저 먹을 만큼의 땅이 펼쳐진 작은 논들이 보이고
그 앞 산자락에 밤마다 소가 우는 이상한 집이 있다
그리고 작은 다리를 건너면 학생이 없어서 폐교가 된지 오랜 학교가 콩나물을 기르고 있다

그 중 젊은 이장이 술 먹고 지르는 고함에도 감이 떨어지

는 적막 속에
이 마을에도 사람이 있다는 것만 같아 정겹기만 하다
이제 마을을 돌아나가는 버스도 끊긴지가 오래
아는 얼굴과 이름이 그 어디에도 없다
노구의 그림자가 하나둘 타작마당에 나타났다가 사라진다

나는 이 마을에 34년 전에 들어왔지만 이제는 나갈 때가
된 것 같다
미리 쌓아 둔 짐을 풀지 않고 고샅을 한 바퀴 돈다
나는 과연 나갈 수 있을까?
이 마을을 나가는 길은
들어선 길을 조심해 벗어나면 된다지만
떠나간 사람들의 인파를 뚫고 잘 될지는 모르겠다

찰라

빼곡한 나뭇가지 속의 반짝이는 두 눈이었다

바람이 지나가면서 고라니와 내가 갑자기 만나게 되었다

다만 서로의 심장 소리로 움직이지 못할 뿐이었다

두보杜甫와 쓰촨성四川省 대지진과 내 안의 지진

두보 나이 48세에 기내畿內 일대의 대기근을 만나 관직을 버리고 식량을 구하려고 처자와 함께 간쑤성甘肅省의 친저우秦州 퉁구同谷를 거쳐 쓰촨성四川省의 청두成都에 정착하였다.

그리고 잘 알려진 '세 이별三別' 중의 하나인 〈신혼의 이별〉을 노래했다. 결혼한 다음날 남편을 전쟁에 내보내는 신부의 애절한 사연을 독백 형식으로 형상화한 오언고시다.

2008년 5월 쓰촨성四川省 대지진으로 폐허가 된 두장옌都江堰 시의 한 무너진 주택가. 구조 활동을 벌이던 10여 명의 구조대원은 한 여성의 시신 앞에 갑자기 얼어붙었다.

젊은 여성이 윗옷을 머리 위로 벗어 흙이 흘러내리지 않도록 덮고 고개를 푹 숙인 채 생후 100일가량 된 딸아이를 안고 숨져 있었던 것. 아이는 불그스레한 얼굴로 죽은 엄마의 젖꼭지를 물고 있었다.

구조 작업에 참여했던 산부인과 의사는 신화통신에 "젖먹이 엄마는 자기가 죽더라도 얼마 동안은 아이가 젖을 먹고 버틸 수 있을 것이라고 믿었던 것 같다"고 말했다.

* 두보에 관한 기록과 쓰촨성 대지진의 기사를 거의 그대로 옮겨 시로 적는다.

다시 창 밖은 9·11

역사가 거대하게 변하는 창가와
내리꽂히는 비행체의 맨 앞자리에 존재하라

그들 누구나
이 유리 한 장을 두고 미국의 종말은 시작되었다

상추도 아욱도 채송화도 한가한 누렁이도 없는 나라의 죄와 벌이다

우리는 어미 새와 새끼 새가 부리로 마주하는 순간을 순연이라고 한다

미선 효순이는 친구 생일잔치에 도란도란 가고 있었다

나비가 된 편지

편지는 바다를 건너는 나비를 말하지

전자우편 때문에 지금은 편지 쓰는 사람이 많지 않지만

저 집 여심 또박또박 쓴 글씨의 오늘을 말하지

흔치 않으니 나비야,

치술신모의 기막힌 마음을 숨기고 마른 눈물의 정을 팔랑이니

애통한 마음만이 날개로 헤쳐서 날아가는구나!

먼바다 위의 저 아롱진 물결아

죽어서 돌아오지 못할지라도 가거든 함께 오리니

정을 다했다는 말없이

나비는 바다를 건너느라 그 기운 다 해도

삼베 상장喪章처럼 그에게로 띄우는 글을 이제 편지라고만 한다

도시락

이 눈물의 도시락을
간곡하게도 전언이니 다시 전하기를
납작 엎드린 길 너머론 구름이 어지럽게 흘러가고
바람은 멈추어 시커먼 나무 그림자 속에 있었다고 한다
동경에서부터 각혈 때문에
피난 나가지 못하는 다리로
자네는 꼭 살아남아야 한다고
살아서 다시 보자고
시간을 넘겨 바라보고 바라보고
눈부처라 뒤돌아보며 헤어져야 했다고 한다
가다가 가다가 가기를
인생이 하루 종일 배고픈 일뿐이었다고 한다

그리하여 백팔십 리
총소리도 하나 없는 전쟁의 길가로 산허리로
쌕쌕이가 가끔 지나가는 미루나무 무덤길
아무래도 더 있다가 먹어야 할 것 같아

밤을 새까맣게 새고 풀잎에 이슬이 걷히고도 한참
다리 옆에서 떡 파는 시모와 며느리를 보고서야
도랑물에 낯을 씻고 나서야
가다가 먹으라고 건네 준 도시락을 열었더니 에그머니!
넣어줄 찬이 없어 미안하다는 잘 쓴 글씨
굵고 삐뚤한 그러고도 반듯한 만년필체에
두 다리가 딱 멈춰서야 했다는 것이다

그리하여 그 글자를 눈물로 파며
뭉치밥 반 인절미 하나를 먹고 있었다고 한다
먹다가 해 질라 번뜩
나타난 누런 금가락지
커다란 채마밭은 푸르기를 묵직한 금가락지!
구더기가 슨 장을 찍어 먹으며
얼마나 울고 또 울었는지 모른다고 했다
되돌아가야 하겠냐만
얼마만큼 되돌아가기도 했다고 한다

도랑을 지나 작은 고샅을 휘둘러보고
사금파리 낀 담벼락 젖는 비의
산에 그이와의 오랜 얘기를 묻고 내려오는 산
어제 오십여 년 되돌아 내려오는 길이었다고 했다
가슴이 쪼개질 듯하여
텅 빈 그 눈물의 도시락을
간곡하게도 전언이니 다시 전하기를

꿈속의 이사

어디로 이사했는지 모르는 나는 예닐곱 살 쪼끄만 계집애였을 때

콧방울에 코를 방울로 달고 한 손에 노란 풍선을 쥐었다놨다 하며

까만 머리엔 빨강 파랑 댕기였던 살던 집 앞에 있다가 나도 모르는 낯선 곳에서 또 울고 있었다

다른 꿈인 줄 모르고 깨어나니 어느 독재자의 딸처럼 점잖은 차림에

얇은 미소로 건장한 사내들에게 에둘린 채,

손가방인지 수첩인지 모를 무언가를 한 손에 잔뜩 움키고

사람들 사이로 퇴락한 왕조의 공주처럼 걷고 있었다

간혹 손을 흔들었지만 위태했다

꿈에 집이 이사를 갔는데 어디로 갔는지를 모르는 나는 예닐곱 살 쪼끄만 계집애, 최고의 불안한 눈빛, 총알이 날아올 것 같은 꿈의 바깥으로 말아 올린 머리 뭉치 속에 깊숙이

꿈을 숨기고 살았다

맑고도 쓴 소주처럼

—창선·삼천포대교

진도 건너가기 전
가슴에 휘도는 울돌목을 내려다보며 소주 한잔을 마신 적이 있다
강화 나서면서는 그 짙은 뻘 속에 발목을 뭉툭 빠뜨리고 왔다
어쨌든 사람과 사람 사이를 건너는데도 이승과 저승을 건너는데도
이 앞바다를 건너는 사람들과 함께

머리에 짐을 이고 아이 업고 배에 올라
시끄럽게 장날을 가던 옛사람들처럼 다만 싱싱한 바다와
거기서 건진 시어들이 들고 나는 물차 출렁임 같은
그 순결만을 나는 바랄 뿐이다

다만 불순한 생각과 값비싼 승용차와 곱고 예쁜 시 낭송 관광버스는 말고
개량 한복 꽁지머리 그 모든 가짜는 말고 장에 다녀오는

사람들이 노을처럼 붉어져서 홍얼거리게 하던
　한없이 맑고도 쓴 소주만을 들어 한잔 하고 싶다고 말하는 것이다
　어쨌든 창선아 삼천포야 이 다리 이 사람들 사이의 언어들아!

골목 안 슈퍼마켓

두 골목이 만나 한 골목으로 올라가기 전
붉은 글자로 상표를 박은 채 찢겨진 파라솔을 꽂은
플라스틱 테이블 두 개가 의자들을 삐딱하게 거느리고 앉아 있다

집에 다 왔으나 집이 아주 먼
30년 전 완행열차를 탄 것처럼
맥주나 땅콩, 소주나 오징어 따위를 늘어놓고
입석표를 끊은 사람들 앞에 으스대기도 하는
골목 안 슈퍼마켓은 정다운 대로 오래된 곳이다

조치원역 신탄진역 다 왔는데도
부산으로 가려는지 목포로 가려는지 얘기가 꼬리를 이으니
일부러 찾아 나온 마누라도 밀어 보내더니,
군에서 휴가 나온 아들과 마주 놀라고서야 겨우 자리가 났다

밤이 깊으니 나방이 날개를 칠 것처럼 불빛은 더욱 환해
지고
막막하기는 비까지 추적추적 내리기 시작하는
구멍가게 수준의 친구가 하는 슈퍼마켓 앞이었다

은빛 김경희

이 빛 저 빛 둘둘 감긴 담요 같은 빚이며 맘고생 다 때려치우자고
중고 트럭 한 대 사서 옆구리에 만수와 경희네 생선가게라 써넣고 새벽 시장에 가
갈치 몇 상자 받아다가 아파트 골목 앞에 처음으로 진을 쳤으니
차 빼라는 치킨집 주인의 성화에 대뜸 싸움 한판 벌이고
또 문방구 주인과 다투고 나니 이제는 김경희가 조수석에서 나오지 못하는구나

빨리 벌어서 캐나다로 이민 가자고 손잡고 꼬드겨
방금 바다에서 막 올라온 싱싱한 먹갈치를 외치며
어설픈 칼질로 이것들 인생에 비린내가 진동하기 시작했으니
백년 전 새댁처럼 수줍은 그 경희가 아이에게 걸려온 전화기에 대고 엄마 말에 비린내 나지 않느냐고 묻는 것이었다
은행나무 노란 잎 사이를 빠져나온 폭포같은 햇살에 김경

희가 진짜 은빛으로 빛나고
  은빛으로 빛나는 먹갈치처럼!

김장에서 커피까지

일곱 여편네들이 모여 김장을 했다
품앗이 공동 김장인 셈이다
제 서방 욕을 슬슬 하다가
제 서방 칭찬으로 살짝 돌아서더니
제 서방 친구를 끄집어낸 어느 한 여편네 얘기다
그 한 년은 누구를 지지했는데 돈이 많고
두 년은 아무도 지지하지 않았다지만
지지하지 않은 나머지 네 년과 생각을 같이했다

하지만 그 한 년의 세도가 만만치 않았다
그래서 여섯 년이 말을 잃고 있는데
어색해진 분위기에 집주인 년이 커피를 타왔다
그 한 년이 커피가 쓰다고 투덜대기에
다른 한 년이 공정 거래란 말을 꺼내 버렸으니
커피도 아동 노동력을 착취한다고 했다
착한 커피도 있다고 했지만
그 한 년이 버럭 소리를 지르며

돈 주고 사먹는 데 밥맛 떨어지는 소리를 한댔다

일이 커졌다 그리하여 김장은 망쳤다
생태탕도 먹지 못하고 수다도 다 끝났다
커피 현실을 얘기한 년이 옷을 집어 들고 집으로 갔다
그 한 년이란 년이 소금을 집어 모래를 뿌리고
나머지 다섯 년을 제 쪽으로 규합하려고
갖은 회유로 찜질방에 가자고 꼬드겼다
그렇지만 아줌마들도 그쯤은 안다는 식으로
제각기 제 옷을 챙겨 들고 나섰다

어디에든 꼭 그런 년이 스며들어 있다는 걸
1층으로 내려가는 엘리베이터를 기다리며 알았다
엘리베이터가 오자 쏜살같이 문을 닫았다

제3부

봉숭아집

마당의 꽃밭은 연잎 바탕에 색을 넣어 그렸다
상추 몇 포기가 땀 흘리며 피어있을 것이다
골무 닮은 꽃잎들은 군데군데 분홍이지만
더러 바늘 꽃이 돋아 피가 배었다
집 모양 테두리는 굵은 붓으로 굵게 그리고
칠 안 된 부분은 황토 흙을 메우기로 했다
작게 그려 넣었던 대문 자리의 자국은 남았지만
지우고 나니 마음이 밖으로 트였다
멀리 보이는 구불거리는 길과 들판
흙먼지 폴폴 올라오는 길
쉬는 듯한 나무 한 그루를 그려 올렸다
그려 놓고 보니 집 자리가 높다
몇 개의 장독도 둥글고 검게 마련했다
안채와 떨어져 창고처럼 작게 그린 방에는
오래된 책들을 가져가 쌓으리
마당은 배냇저고리 낡아 바랜 만큼만의 시간을 입히고
집 곁으로 흐르는 도랑 가엔 찔레를 앉혔다

봄이면 장미보다 우아하게 꽃 피울 것임에 그 곁에
알 듯 모르게 산수화 속
사람 하나를 그려 넣었으니
눈물이 주르르 흘렀다
송판으로 마루를 깔고 어려서 살던 옛집 분위기를 더했다
손때 들면 반들반들해질 것이다
채 다 짓지는 못했지만 마침맞게 맘에 들어
마음속에다 집 이름을 '봉숭아집'이라고 했다

암흑가의 아파트

25년 전엔 5층 아파트를 계단으로 걸어 올라갔고
10년 전엔 15층 아파트를 엘리베이터로 올라갔다

지금은 38층이다
호롱불처럼 전기가 훅, 꺼져서 그냥 걸어 올라갔다

살아있는 것은 그 이상을 오르지 않는다
플라타너스 미루나무 마구 자라는 것 같은 칡덩굴도 콩나물도

동한冬寒

어두운 밤 개 우는 소리는 깊은 잠이라는 얼음장을 타고 백 리를 간다
가다가 그 가운데 어슴푸레 깨어난 얼어붙은 추위와 가난은
그것이 별이 우는 소리라고 이불을 바짝 끌어 덮는다

어둠이 내린 시간에

파릇한 봄날 쑥이 불러서 쑥에게 갔다가
검은 비닐이 얼굴에 두 겹이나 들러붙어서 허겁지겁 도망쳐야 했던 것처럼
그 귀신같은 비닐만 보면 보는 족족 발로 밟아버렸건만
오늘 집 밖에서 누가 자꾸 나를 불러 김창순 여사인가 하니
무언가가 이상해 모르는 발소리에 모르는 기척이라 가만히 앉았다가
바로 물러서 가까운 방에 가 숨죽이고 있으니
이것이 한두 놈이 아니라 이제 이걸 어쩌나!
여차하면 불이란 불을 다 켤 준비하고 휴대폰도 꼭 쥐고 무서워 벌벌 떨고 있었더니
바로 그놈들의 웅성거리는 한복판을 차 소리가 붕붕거리더니
돌아가신 우리 엄마 김창순 여사도 아니고 도둑들도 아닌 아들이
깜깜한데 불도 안 켜고 뭐하냐며 문을 두들기는 것이었다
헛기침으로 나아가 찾아보니 바람은 미안한 듯 귀신이 저

검은 비닐봉지에 붙었다고 전깃줄과 나뭇가지와 땅바닥을
가리키고는 슬며시 사라지는 것이니

접시만큼 얼어붙은 얼음에도 꼼짝없이 다리 하나를 잡힌
비닐봉지는

자박자박 걷지도 못하고 그 기운이 다한 듯 엎드려 굽실
거리니

어둠이 봄볕 같다고나 할까 여보세요 김창순 여사!

숭고한 어머니

이 사회에서 한바탕 하는 어떤 여인네는 우먼 파워라는 좌담을 하기를
우월한 여성이 보통 우월한 남성들보다 더 우월한 세상이 되어야 한다고
조직과 역량과 문화며 스킬, 그리고 환경 또 의사 결정에 대해 열변을 토했다지만

어마어마한 이 유식의 문제를 버리고 가마 타고 다리 건너 시집 와
집 밖에 나다니지도 않으며 누가 가르쳐 주지도 않은 무식이
세상 일을 다 알아서 하며 상추며 쑥갓 된장 고추장처럼 죽을 때까지
찍소리 한번 하지 않았지만

결국은 모든 자식들이 울며 그리워 절하고도 일어서지를 못하도록 하는

이 우리들의 어머니를 숭고하다 하고
배우라고 목청을 높이곤 한다
이런 구시대의 모습이 다 그르다고 해도 꿈쩍이나 하겠냐만은
이쯤 장독 위에 어른거리는 물빛은 그 누구이신가?

원지 다방

용이 오르는 듯 구불거리는 나무 지팡이를 기대어 놓자마자 어쩌면 60년 전

봄바람이 훈훈하게 부는 단성 다리를 건너오던 꽃가마 속 그 새댁을 그린 듯이 빼닮았다고

열두 폭 비단 치마에 금박을 두르고, 동백같은 붉은 쪽댕기로 검은 머리채를 질끈 묶어 올려

이제는 꼬챙이로 백발에 덮여 차가운 눈밭을 맨발로 건넜다 해도

노인이 참 좋아했다는 우리 엄마도 젊었을 땐 참도 예뻤다고

쌀가마 들 듯 노인을 번쩍 넘기던 장사였다며 아버지 얘기까지 천천히 커피 잔이 식도록

창밖 비에 젖은 간판만 남은 원지 사진관을 쿨럭쿨럭, 바라보는 원지 다방

부엌밥

흙발이랑 빈 소매
오뉴월이 떠난 어둑한 부엌의 부뚜막에 걸터앉아
물 말아 밥 한 술 뚝딱 얻어먹으니
후르륵,
사무칠 것이 새로울 게 없었다

그 겨울, 부엌 안으로 쌓이던 눈발과 뒤곁으로 난 서늘한 여름이
두 눈 속에 함께 겹쳤다

한 번은 가난 때문에 떠났고
한 번은 가난이 그리웠을 뿐이다

가난한 새벽

잠자듯 말뚝이 박혀 있다

하늘이 논물에 가만히 앉아 있다

무엇이 물거울을 건드리는가

50년 전쯤엔 여기가 아버지 얼굴이었다

천천히 두 손을 집어넣으니

삽자루를 타고 논물이 흐른다

국그릇에 걸쳐진 커다란 밥숟가락 같았다

저리로 가는 두꺼비

비닐, 그 하늘

투명하고 눈부시어 반짝이는 빛이며

푸른 하늘에 낮잠이 하늘을 날고 있었다

청설모 꼬리가 하늘 속에 숲을 그리며 지나갔다

따라 날아오르는 어떤 빨래의 긴 그림자

빠르게 이리저리로 또는 느리고도 슬픈 필기체로

그리움이라고 말하지 않는 덩굴이 오르고

그 아무것도 아닐 때까지

농약병 조각이 빠진 금니처럼 반짝이며 어울렸다

어떤 이의 시

어떤 이의 시를 보면 나의 어떤 시와 닮아 있고

나의 어떤 시는 또 다른 어떤 시와 소리마저 닮았다

우리가 드넓은 지구의 한 귀퉁이에 몰려 살아 그럴까?

오래 비슷한 걸 먹고 일하면서

지금은 너나없이 힘센 놈의 나라에 짓눌려서일까?

그가 '장터'를 그리고 내가 '소리'라 적으니

그 아래 위 행들엔 소가 울고

어떤 이의 시 속엔 장터가 있다

장터 안 쇠전에 내가 두 뿔로 뛰어다니고 있으니 소가 울었다

표정

붉은 고추가 꽃 무더기처럼 마르고 있는 바닷가 마을이다
비로드처럼 새로 깐 검은 아스팔트 위에
널어 말리는 멸치는 물결을 지어 은빛으로 반짝거리고
누런 벼는 이랑까지 길게 가르며 마르고 있다

부른 배를 움켜쥐고 탱자나무 울타리 친정을 울며 나서는
젊은 여인 빼고는 다들 살만한 표정들이다

버리려는 냄비를 보다가

깊고 추운 겨울밤 홍시가 어는 밤
쭈그러들고 검누래진 저 냄비 가득
닭을 삶아
살아 있던 날개를 삶아
웅크리고 모여든 여럿의 여고시절 친구들과
까르르 소주를 마시고 싶다
다들 천천히 얘기에 얘기로 취해
아무렇게나 하나씩 쓰러져 잠든 걸 보고 싶다
나는 비틀비틀 문밖으로 나가
찬 공기 속에 한 눈빛을 꾸준히 유지하며
내버려진 10년 아니 30년 간의
춥고 깊었던 겨울밤을
잠시의 쇠 난로처럼 활활 만나고 싶다

사동교의 한 말씀

느티나무씨! 타작마당 거기서 만날 나를 내려다보며 우습게 알고 있는, 나는 웬만하면 말을 잘 안 하는 곰골마을 금곡천 위의 사동교라는 다리요

봄비는 줄줄 내려 내 아래로 새 물길이 졸졸 트이는데 겨우내 바짝 타던 갈증이 좀 풀리려 하는 때 타작마당 당신, 느티나무씨가 자꾸만 제 자랑만 해대는 것이니 자랑에는 자랑만 있는 게 아니고 슬픔도 있는 것이라 강조해 한 마디 하는 바요

해마다 당신 몸뚱이에 황금 새끼를 치고 막걸리 한 말씩 부어 주었던 남해댁은 이 마을로 시집 올 때부터 나를 밟고 건넜다오 아니라니까! 또 그러시오? 두량리 쪽으로 온 새댁들은 모두 진주나 외지에서 시집 온 아지매들이고

남해나 삼천포에서 시집 온 처녀들은 배꽃 살며시 피고 감꽃 지천으로 피어 잔물결 아지랑이처럼 이르러 이 금곡천 위를 건넜다오

목소리가 높고 맑게 울리는 소리나 그 모양도 자랑은 자랑이라고 하오만, 앞 들 건너는 늙은 다리가 진심으로 받아

치는 이 말을 왜 그리 우습게 아시오?

느티나무씨! 나는 분명히 보았으니 자꾸 억지 부리지는 마시오! 남해댁 시집오던 그 날은 삼월 삼짇날이었고, 읍에서 걸어온 신부 남해댁과 그 일가들이 남해댁 오빠를 선두로 장전 노루밭 입구에서 가마로 갈아타고 우리 마을 쪽으로 들어오는 것을 이 두 눈으로 똑바로 봤단 말이오

당신 느티나무씨! 남해 새댁이 나를 지나서 이 다리를 건너면 다 온건가요? 하고 다홍치마 초록저고리에 자주고름 목소리로 살포시 물어서 내가 분명히 두 다리에 힘을 잔뜩 주고 어서 오시라고 이제 다 오셨다고 신부를 맞았단 말이오!

내 비록 개울 위에 납작 엎드려 사는 몸이지만 느티나무씨! 당신이 너무 늙고 병들어져 베어지면 마지막으로 내가 당신을 건너보내야 할 것이니 내 맘에도 쓸쓸함이 참 있다오

그러니 지난달 우리가 보낸 남해댁 생각으로 말싸움이나 억지소리는 그만 두시길 바라오!

자랑이란 어찌씨에는, 얇은 쇠붙이 따위가 서로 가볍게 부딪쳐 짧게 울리는 소리라는 뜻도 있다고 부연하오만

느티나무의 갱년기

느티나무도 갱년기를 앓는다

자신의 그늘을 지붕 삼아 매일 거기 와 있는 젊은 농군의 트럭을 자식처럼 남편처럼 애지중지하는 느티나무가 있었다

하루는 감 농장에 감 실러 출발하는 것을 보고 아주 멀리 가는 줄 알고

괄괄하게 먼지를 일으키며 구불구불 멀어지는 트럭을 바라보며

슬픔을 뿌리는 맨 마지막 순간인 것처럼 애타는 서글픔으로 뿌리를 깊게 질러 신고 그것을 끝까지 바라보느니 눈물이 다 날 지경이었다

얼굴이 붉어지고 숨이 가빴다

이제는 없는, 이제는 멀리 떠나간 트럭

이별이야!

떠난 것은 다시 돌아오지 않는다는 사무침을 온몸으로 떨며 들판의 절명인

시선을 바꾸지 못한 채 한참을 굳어 있다가 고개 숙여 숨을 고르고 있었으니

그 거친 들판을 가로질러 오는 소요마저

환청이다… 이 또한 내 맘이다… 하는 동안

헐레벌떡 등 뒤를 빠르게 다가와서는 싣고 온 노란 감상자를 마당 가득 부려놓는 먼지와 트럭이 또다시 느티나무의 충성스런 난역이 되고 말았던 것이다

누가 와 등을 기대고 쉬는데도 배시시 웃거나 돌아보지도 못할 처지가 되어 버렸다

느티나무는 늙은 자신을 오래 산 황구나 부엌 문짝으로 비유하며 전신의 이파리를 파르르 떨며 바람이라고 바람이라고 세상이 다 붉고 노랗다고 능청거리기를

나도 이젠 늙었구나! 죽어야지… 연거퍼 중얼거리는 느티나무가 됐다

느티나무도 갱년기를 앓는다

제4부

물레방아 돌아온 물만치만 살자
—대운하반대와 생명의 강을 모시기 위한 특별공동시집
『그냥 놔 두라』 참여 시

강물이 다해 매화가 피었던가

사정은 다 알 수 없지만

산 너머 너머로 너울처럼 흘러가는 개천에

얼음의 무서운 향기가 있고

버들강아지의 따끔한 부드러움이 있고

바람과 햇살이 뭉쳐 놀다가

우리네 몸과 마음을 선선히 뚫고 지나가는 소리가 있다

이 모든 산만한 소리가 귀찮더냐?

매화가 할낏피어서

방아도 찧고 연애도 하던

그 옛날 물레방아로 모였다가 잦아들던 맑은 도랑물이

지금 생각났다 너로 하여

그러니 물레방아가 돌아온 물만치만 살자

또 다른 시멘트 우리

지구 곳곳에서 구제역과 고병원성 인플루엔자로
소 돼지 닭 등을 1000만 마리씩 땅에 묻거나 불태워 살처분 하고 있는 가운데

또 다른 시멘트 우리를 우려하며
마을을 통과할 수 없어 논밭길 산길을 빙빙 돌아 중산간 도로를 오르던
어떤 스님이 걸어온 길을 내려다보며 비명의 소머리 모양으로 지나왔다고

살아서는 시멘트 축사나 철망 속에 질식할 것처럼 비좁게 살고
죽을 때는 산 채로 트럭으로 쏟아 붓고 있으니
질식은 굴착기 소리도 소 돼지 울음으로 들린다고 했다

싸리 회초리도 없는 인간은 나약하고 사악하기가
스스로 무능하고 처연히 내리는 겨울비 소리는 분하고 원통하고 억울하게 울고 있다 지금도

소, 그 아지랑이

비틀거리다 쓰러진 착하고 순한 눈동자의 아지랑이더냐

아스팔트 위에 지글지글 끓는 저것이 무엇이더냐

불판 위에 제 살을 뒤척이며 타는 저것이 무엇이더냐

풀 대신 동족의 살을 먹고 몸 찢겨 참회하는 아지랑이더냐

온 땅에 들끓는 저 아우성은 또 무슨 도륙의 아지랑이더냐

산의 식사

산이
호오, 호오, 하늘을 날던 휘파람새를
산으로 데리고 들어갔다
전깃줄도 잡아들였다

산은 거울 같아서
마주한 것들을 자꾸 이끌리게 한다
끌고 들어간다

전깃줄이 나왔다
휘파람새가 전깃줄에 앉았다

새알 넣은 호박죽이 먹음직스럽게 끓는 가운데
산이 사철나무 울타리도 끌고 들어갔다
호박죽 맛이 사라졌다
무덤 뒤에서 수저 딸그락거리는 소리가 들린다

이어

누구의 도라지 담배 냄새인가?

요놈의 할망구!

그릇

정신이 좀 드신 어머니는 돌아올 때까지 먹고 버티라고
빈집에 홀로 남을 강아지 앞에 혼자서도 잘 먹고 있으라고
뒤집히지 않는 돌그릇에 밥을 듬뿍 담아 놓으셨다

강변 쪽에서 뿌옇게 눈이 덮여 오고 있었다

다홍치마 초록 저고리가 멀고 길게 다리를 건너고 있었다

요양원으로 미라같은 몸뚱이로 냉골에 뼈만 남긴 채
감나무 가지 하나 가벼이 꺾어 쥐고 놓지 않으려고
놓치지 않으려고 비석 같은 다리 이름을 그릇이라 지어 부르며

골목에서 골목을 잃다

벼룩시장에서 길을 잃고 막다른 골목을 되돌아 나오니
겨울비가 소름이 돋듯 내리는 쓸쓸한 거리였다

배달 오토바이 탈탈거리며 자장면 내려놓고 간 뒤
소주로 굳은 면을 푸는 신문 지면이 아찔하다

반바지에 커다란 운동화를 신은 힙합처럼
피둥피둥 건들거리는 덩치 큰 아이들이 침을 뱉는다

누런 금목걸이를 주렁주렁 단 중년의 사내가 부자로 보이던 것은
연신 훙정도 아닌 반강제 반말 투로
제 부친의 추억이 있다며 만 원짜리 지폐를 흔들고 을러대며 야코를 죽이고 있었기 때문이다

손을 덜덜 떠는 초라한 사내는 아버지의 유품이다
지금은 시간을 다퉈서라도 팔아야 하지만

시가를 모르는 사정상의 한 점 시계

골목 속에서 또 골목을 잃고
생각을 재촉하는 건 비바람뿐만이 아니었다

한 나무에 목련

한 나무의 그늘 쪽은 아직 꽃피우지 못하고 춥다
배고프고 어럼없어 그 이름이 말자네집 둘째 딸 춘자가
1960년대 뒤뜰에서 학교 보내 달라며 우는 꼴이다

한 나무인데도 양지쪽은 따숩고 호사하여
하늘을 다 가지고도 양산 쓴 꼴이다
대전으로 올라가 여고를 졸업하고 서울로 대학을 가더니
모 의사와 결혼해 그 이름이 규수다 하얀

우뚝 솟은 강남 한복판 2000년대 초의 타워팰리스네 집이 온통 환하게 핀
그 이름이 백목련이다

까마득한 백목련네 집에 이름 모를 뭣이 매달려 닦고 있는 창의 이름은 봄이고
아찔하고 어지럽다 하여 매달린 그 이름이 벌레인데
춘자는 벌레가 죽도록 좋다고 일하는 데까지 따라와

점심 먹을 땐데 점심 먹을 땐데 하며 아주 늦게 바람난 꼴이다

골목 안 오른쪽 두 번째 국수집엔

이틀째 내리는 비를 피하거나 맞으며
시장 바닥을 번잡하게 지나 유리문을 열고 들어서면
거기에는 늘 고모의 미소가 있었다

안채로 들어가는 문 위 유리 액자 속엔 아는 얼굴들이
사진사의 요구에 따라 저마다 표정을 잡고 있었는데,
지금은 인생이라는 식단표가 자리 잡고 있어서

우거지탕 안 팝니다
수육도 이제는 안 합니다
가끔 안부나 전하며 살자
국수 먹으러 온 손님들에게 미안합니다

보고 싶고 애가 타는 국수맛은 이 장맛비에 어찌해야 하는가?
아프기 전에 쓴 이 글들은 다 어디로 흩어졌는가

마음

장마통 폭우에 기차는 멀리로 가며 무겁다

나는 거기 가 젖어 있건만
거기의 나는 이미 여기 있기도 하다

그걸 오래 바라보는 마음으로 깜빡이는 밤 불빛이다

마당을 쓰는 비

싸락싸락 마당을 쓰는 싸리비 소리에는 땅의 얼굴을 만지는 온기가 있고 그의 맨발엔 풀 먹인 모시를 스치는 느낌이와 있어 귀 후벼 주던 어린 날의 어머니 생각과 건넌방 아버지의 콧노래 소리가 겹쳐 가벼운 웃음의 볼이 간지럽게 씰룩여 일고 쓸어 모은 전 생애의 낙엽 더미 속에서 슬며시 얼굴을 내미는 제 고무신짝을 보고는 마침내 마음이 환히 터졌다 아!

달이 떠서 기뻤다

다
감 농사 잘 지은 마을 사람들 덕이다
커다란 다라이에 작은 달들이 가득 담겨 있다
구름이 걸린 것처럼
작은 달 하나에 감잎을 달아 놓은 것이 화가의 마음이다
달 하나를 깨물어 달의 씨 속에서
오래 전에 놀던 숟가락을 보니
달 따다 다친 이도
달 따다 벌에 쏘인 이도
그만 어려져서 열 살 적 얘기를 하고
일곱 살 시절이 가로막아 가며
타작마당에 그 무슨 기운이 굴러다닌다
이게 다
감 농사 잘 지은 마음 덕이다
달상자를 트럭에 가져다 싣는 택배 총각
주소와 전화번호를 연달아 묻는다
달에게
달을 닮은 사람들에게

오늘은 뒷집 아재가 팔짱 끼고 혀를 차고

대학을 나왔는데도 취업이 안 된다는 이 시골 처녀 나른
함 앞에

하루하루 늙은 우편배달부가 가져오는 것은 각종 고지서
와 청구서
붉은 압류장 새 신용카드

젊은 택배 아저씨가 건네고 가는 것은 섹시 로고와 각종
힐 바지 치마
화장품 마사지 스포츠용품

집 앞에는 성질이 난 듯 먼지를 날리고 떠나가는 읍내 버스

아직도 먼 저쪽에선 무릎 속의 고름을 닦아내지 못한 두
팔뿐인 애비가

과수원 바닥에 처참히 떨어진 땀과 헛기침을 과육처럼 잔뜩 싣고 달려온다

지게와 작대기와

술이 잔뜩 취한 지겟작대기는 어느 날 지게를 떠나 도시의 꽃무늬 넥타이가 되었다

소식 한 장 없이 여러 해가 지나서야 가끔 명절날 으스대듯 지게 앞에 나타났지만

지게는 지겟작대기를 손에 쥐거나 싸리 발채에 실어주지 않았다

그 오랫동안 홀로 남은 지게는 어깨는 내려앉고 무릎은 삭았다 발채는 뭉그러져

지게는 풀 짐의 무게가 힘들어 수렁에 처박히는 자신을 미워했다

시간은 손꼽을 만큼 두드러지거나 훌륭하지 않았다

나비와 나뭇짐을 잔뜩 싣고 오다가도 피 흘리는 이웃 동생을 짊어지고 면내로 뛰었던 힘과 할머니의 관을 싣고 도랑을 건넜던 설움들이 한꺼번에 몰려

마침내 지게의 늙은 몸뚱이가 불길 속으로 던져졌을 때 지겟작대기가 왔다 총동창회를 피해 고샅을 들어선 작대기는 그저 빈손으로 소리 없이 엉엉 울었다

쥐가 달에 걸린 밤

모래톱 발목 깊이에서 만난 달이
말없이 차고 이지러져
산중의 부엌 앞 처마 속까지 따라왔으니

필시 사고무친 가난이
먹고 살자고 베어 먹었을 터
아궁이 같은 밥그릇은 더욱 차고
텅 빈 골짜기마다 서늘함이 가득하니
살찐 쥐 그림자만 매끄럽게 잽싸구나

댓잎 후려치는 잔광이 부신
달이 쥐에게 걸려든 밤은
쥐가 달에게 걸려든 밤

계단 밑 거미는

지나가는 처녀 셋을 건드렸다
알이 수천 개다

어두운 계단 아래 신혼 같은 하얀 거미줄로 단장하고
털 많은 검은 다리를 투망 삼아 기다리며
하루 이틀 열아흐레 한 달을 기다리고
거리에 닿지도 않는 힘을 뻗어내기도 했다

문을 열거나 발을 냅다 구르면
바짝 긴장하거나 주춤 물러서긴 했지만
습도가 높고 더 어둑한 한여름 밤
짝을 찾아서 손으로 입을 가리고 몸을 비틀며 수줍은 체하는
처녀 바퀴와 귀뚜라미 처녀들을 거미는 기꺼이 맞이했다
잽싸게 낚아채 문을 닫았다
신혼의 방문이 흔들렸다

지나가는 처녀를 셋이나 건드렸다
알이 수천 개다

해설 · 시인의 말

해설

곡진하게 물들어가는 공감의 기억들

정우영

1

시가 스스로 거대 담론을 풀어내거나 엄청난 철학적 사유를 담고 있다든지, 혹은 문학 향기가 너무 짙어 어질어질하다면 뭘 덧붙일 여력이 없을 것이다. 그 자체로 이미 충분한데 거기다 얼마나 더 얹을 것인가. 그래 그런지 요즈음 나는 내가 끼어들어도 어색하지 않을 작품들에 눈이 끌린다. 헐렁하지 않고 꽉 찬 시들은 왠지 버겁다. 관념과 계몽까지 두텁게 둘렀을 경우에는, 접근조차 난감하다.

억지로 강요하지 않고 차분하게 스스로 물들어가는 시에 귀가 열린다. 이를테면 이런 작품.

기차가 들어왔으면 좋겠다

자가용은 너무나 미끈하고
핸드폰은 점점 작아지고

디지털의 표정,
그 생각은 너무나도 엉뚱해지고
그 꿈들은 세련되고 약아빠졌으니

육중한 열 량 스무 량의 기차가
거친 쇳내를 풍기며 들어서는 바닷가 역사驛舍

사람들이 사철나무 울타리에 깃들어
아침 햇살과 바다 물결을 길게 이고 지고

사람들이 왔다야! 하며
흥청흥청 장터처럼 모여들었으면 좋겠다
그랬으면 좋겠다

—「기차가 들어왔으면 좋겠다」 부분, 시집
『기차가 들어왔으면 좋겠다』(책만드는집, 2008)

박구경의 두 번째 시집 『기차가 들어왔으면 좋겠다』의 표제작이다. 심각하고 대단한 메시지나 철학은 접고, 대신 입가에 잔잔한 웃음기 물도록 이끈다. 큰 욕망으로서의 대망(大望)은 보이지 않고, 기다림을 담은 대망(待望)만 느껴져서 한결 반갑다. 시인은 다만 그리고자 한다. "사람들이 사철나무 울타리에 깃들어/ 아침 햇살과 바다 물결을 길게 이고 지고" 어우러져 살 수 있는 세상. 그런데 지금 여기는 어떤가. "자가용은 너무나 미끈하고/ 핸드폰은 점점 작아지고/ 디지털의 표정,/ 그 생각은 너무나도 엉뚱해지고/ 그 꿈들은 세련되고 약아빠졌"다. 그의 바람과는 달리 물질 만능의 미시적 세계가 시시각각 우리 사는 세상을 압박해오는 것이다. 그는 참 답답할 것이다.

이와 같은 사회 흐름을 일거에 되돌릴 수 있는 대항마는 어디 없을까. 이때 그의 기억 속, "바닷가 역사驛舍"에 "거친 쇳내를 풍기며" 기차가 들어선다. "열 량 스무 량의" "육중한" 기차다. 수많은 사람들이 타고 있는. 생각해보면 이쯤 되는 기차라면 미시적 세상 화끈하게 물리쳐버릴 수 있을 것 같기도 하다. 물론 이미 늦었다는 것을, 나도 알고 그도 안다. 이처럼 미끈하고 작아지며 세련되고 약아빠지는 디지털 세상, 아무리 육중한 기차라고 한들 어떻게 막을 수 있으리. 문명의 흐름 되돌리진 못한다. 대세를 막기에는 저 기차마저도 실은 구시대의 유물에 불과하다.

자, 그렇다면 시인은 이제 어찌할 것인가. 어떤 시의 길을 걸어 그는 여기 우리를 기록할까. 「나의 시詩」에 그의 다짐이 서려 있다.

> 나는 돼지고기 붉은 살점을
> 붉고 매운 고춧가루와
> 또 고추장과 마늘과
> 혀가 얼얼하도록

더 매운 풋고추를 썰어 넣고 볶아먹는 조선 년이다
아랫배에 그것들을 그득 가두고
죽어라 하고
땅을 파고
땅을 판다
이런 우리를 야만이라고 하지만 나는 야만이다
…(중략)…
그러나 이것은
부드럽고 따뜻한 밥과 함께하고 늘
늙거나 어린 사람들의 곁에 달디단 맛으로 있다
이게 오늘의 내 시의 이름이고
돼지고기도 웃는다
—「나의 시詩」 부분, 시집 『기차가 들어왔으면 좋겠다』

그는 단호하게 말한다. 조선의 삶을 기록하겠노라고. 그렇기에 이 시의 중심축은 '조선 년'과 '야만', 그리고 '밥'에 놓인다. 누구라도 쉬 알아들을 수 있을 것이다. 조선 년이라는 정체성으로 야만의 밥을 짓고 나누겠다는 그의 일갈을.

'조선 년'과 '밥'은 '여기서 토종으로 살기'쯤으로 단순화할 수 있겠는데 문제는 '야만'이라는 단어이다. 그는 왜 야만을 들먹이는 것일까. 우선 누가 이 '야만'이라는 말을 쓰는가부터 살펴볼 필요가 있다. 내용적으로 보면, "우리를 야만이라고" 하는 건 내가 아니다. '너희'가 우릴 야만이라고 부르니

그래, 그럼 "나는 야만이다" 하고 들이대는 형국이다. 그러니 이때의 야만은 비문명의 어휘가 아니라 오히려 반문명의 상징으로 기능한다. 야만이 아니라 전통인 것이다. 야만이라는 말의 쫄깃한 역전(逆轉)이 아닐 수 없다.

이 시에서 '야만' 못지않게 의아한 부분이 "돼지고기도 웃는다"라는 마지막 행일 것이다. 이 구절은 어쩐지 본 내용과는 동떨어져 있는 것처럼 비친다. 시가 뜬금없이 마감된 것 아닌가 여겨지기도 한다. 하지만 난 이 돌발적인 시선이야말로 이 시의 백미라고 본다. 이 시에서 돼지(고기)는 마지막 행에 이르기까지 먹거리로 대상화되어 있다. 생명체라는 현실감이 전혀 없는 것이다. 그러다가 "이게 오늘의 내 시의 이름"이라고 밝히자 비로소 돼지는 '웃는 존재'라는 자기 정체성을 드러내 보인다.

나는 이 마지막 행 "돼지고기도 웃는다"를 읽으며 아연 통쾌했다. 박구경 시에 대한 신뢰가 돼지고기의 웃음 속에서 몽글거렸다. 그런 점에서 나는 이 마감이 득의의 한 수라고 믿는다. 화자의 시선으로만 전개되던 시의 흐름을 일거에 바꾸었을 뿐더러, 먹는 자와 먹히는 자를 떠나 제의(祭儀)의 헌신으로 서로 교감하게 됨을 보여주는 까닭이다.

세 번째 시집 『국수를 닮은 이야기』에서도 이와 같은 그의 시적 태도는 유지된다. 조선적 시의 눈으로 세상을 품고자 하는 그의 염원이 다사롭게 펼쳐지는 것이다. '처마 끝' 같은 곳에 고이는 그의 시정은 "처마가 느리게 굽은 곳/ 소녀의 온기가 떠난 방 마루를 오래 서성"(「처마 끝」 중)이고 있다.

2

박구경은 곡진(曲盡)하다. 난 그의 시를 읽기도 전에 그의 시의 맘을 느껴버렸다. 해설을 맡기로 하고 얼마 뒤 그로부터 두툼한 꾸러미가 우송되어 왔다. 시집 원고 뭉치였다. 이메일로 파일만 전송해도 되는데 굳이 따로 프린트를 해서 보낸 것이다. 열어 보니 각 부를 따로따로 집개로 집고 프린트물 전체는 투명 비닐봉지에 넣어 옷핀으로 여몄다. 게다가 기왕에 나온 시집도 챙겼으며 두 번째 시집 맨 첫 장에는 이렇게 적어 놓았다. "보내드렸는데 찾기 힘드실까봐 다시 보냅니다." 누군가의 시에 내 글을 덧붙이면서 이처럼 세심한 배려 받아보긴 첨이었다. 이러니 내가 어찌 그의 다감함에 포획되지 않을 수 있겠는가.

나는 부러 냉정을 유지하려 애쓰며 먼저 나온 시집들을 다시 들척였는데 앞에 적은 글에서 보이듯 어림없었다. 일상에서처럼 작품의 밑자락에도 다사로움이 차분히 고여 있었다. 그의 시를 읽고 있자니 행간을 넘어온 따스운 손길이 나를 감싸주는 것 같다. 그가 전하는 바, '조선적 인정'으로 나는 한결 안온해진다.

그의 이 같은 조선적 인정에서 우러나온 품성은 네 번째 시집에도 여실히 이어진다. 그래서 고맙기도 한데, 문제는 그 흐름이 빚어낼 수 있는 자기 복제의 가능성이다. 시의 본성을 유지한다는 데에는 양면성이 있다. 끊임없는 확장이 일어날 경우 든든한 작품세계가 되지만, 새로움 없이 시의 대상만 바뀐다면 그저 복제품에 지나지 않을 수도 있다. 그러니 시인이라면 언제나 각성의 눈 들어 자기 작품을 들여다보아야 한다. 새 그릇을 빚고 있는지 헌 그릇을 땜질하고 있는지 성찰해야 하는 것이다.

내가 박구경의 네 번째 시집에서 관심 기울이는 지점은 여기다. 그는 이번 시집에서 또 다른 자기 본색을 어떻게 구현하고 있을까.「맑고도 쓴 소주처럼」이라는 시에 그 단초가 실려 있다.

> 진도 건너가기 전
> 가슴에 휘도는 울돌목을 내려다보며 소주 한잔을 마신 적이 있다
> 강화 나서면서는 그 짙은 뻘 속에 발목을 뭉툭 빠뜨리고 왔다
> 어쨌든 사람과 사람 사이를 건너는데도 이승과 저승을 건너는데도
> 이 앞바다를 건너는 사람들과 함께
>
> 머리에 짐을 이고 아이 업고 배에 올라

시끄럽게 장날을 가던 옛 사람들처럼 다만 싱싱한 바다와
거기서 건진 시어들이 들고나는 물차 출렁임 같은
그 순결만을 나는 바랄뿐이다

다만 불순한 생각과 값비싼 승용차와 곱고 예쁜 시 낭송 관광버스는 말고
개량 한복 꽁지머리 그 모든 가짜는 말고 장에 다녀오는 사람들이 노을처럼 붉어져서 흥얼거리게 하던
한없이 맑고도 쓴 소주만을 들어 한잔 하고 싶다고 말하는 것이다
어쨌든 창선아 삼천포야 이 다리 이 사람들 사이의 언어들아!

—「맑고도 쓴 소주처럼-창선-삼천포대교」 전문

시에서 언급되는 '진도'와 '울돌목'은 어쩔 수 없이 세월호를 떠올리도록 이끈다. 게다가 "강화 나서면서는 그 짙은 뻘 속에 발목을 뭉툭 빠뜨리고 왔다"고 쓰고 "이승과 저승을 건너는데도"를 들먹이니 세월호 참사 이야기구나, 하고 심증을 굳히게 된다. 하지만 아니다. 순간적으로 내 의식도 세월호 참사로 가라앉았으나 이는 트라우마의 발현이었다. 한 사건의 충격은 이처럼 무시무시하다. 무의식을 온통 뒤흔들어 놓는다.

그가 호명한 지명들로 인해 흔들린 심저를 가라앉히고 다

시 보면, 이 시의 눈은 섬과 섬 사이에 놓인 다리를 향하고 있다. 다리라는 것의 존재감에 눈뜬 것이다. 삶의 편의를 위해 어쩔 수 없이 다리를 받아들인다고 해도, 그 다리를 통해 넘어올 가짜들은 경계 대상이다. 그의 말을 빌려 정리하자면, '말고'의 심리학이다. "다만 불순한 생각과 값비싼 승용차와 곱고 예쁜 시낭송 관광버스는 말고/ 개량 한복 꽁지머리 그 모든 가짜는 말고" 진짜배기만 이 땅에 드나들었으면 싶은 것이다. 그는 이에 대해 단지, "시끄럽게 장날을 가던 옛 사람들처럼 다만 싱싱한 바다와/ 거기서 건진 시어들이 들고나는 물차 출렁임 같은/ 그 순결만을 나는 바랄 뿐이다"라고 쓴다. 그는 익히 알고 있는 것이다. 섬의 순결을 어지럽히는 게 다리임을. 다리라는 게 소통만이 아니라 고통도 함께 건너오는 매개체이며, 문명 폐해의 적극적인 전달자이기도 하다는 것을.

그런 면에서 그가, 시 「기차가 들어왔으면 좋겠다」에서 언급하고 있는 핸드폰과 '디지털의 표정'은 의미심장하다. 다리라는 현실적 소통과 디지털이라는 무형의 소통이 동류의 함의를 띠고 있는 것이다. 한편으로 유용한 문명적 이기들이 역으로 이땅의 정신과 문화, 전통 가치들을 망가뜨리기도 하는 것이다.

나는 그의 이러한 인식이 "맑고도 쓴 소주처럼"이라는 문장을 떠올렸을 것이라고 짐작한다. 다리와 소주는 비유 대상으로 어울리기 쉽지 않지만, "울돌목을 내려다보며 소주

한잔을 마"시던 장소성이 어휘의 벽을 허문 것이다. 맑은 소주의 쓴 맛과 말끔한 다리의 문화 파괴가 그에게로 와서 동질성으로 가라앉은 것이다.

이리하여 그는 저 다리처럼, 소주처럼 삶이 선의로만 이루어지지 않는다는 것을 자각하지 않았을까. 다리가 복합적이고 이중적이듯이, 소주가 맑음 속에 쓴 맛을 담고 있듯이 우리 삶도 그렇지 않은가. 그야말로 단순하지 않으며 예측 불가능하다. 슬픔과 기쁨이 한 몸처럼 나타나기도 하고 불행 속에 행복이 들어차기도 한다. 맑은가 하면 쓰고, 쓴가 하면 맑다.

아무리 선한 의지로 살아가려 해도 현대 사회는 그렇지 않다. 물질 문명의 온갖 욕망과 의지가 뒤엉켜 있기 때문이다. 나는 박구경이 '맑고도 쓴 소주'의 시정으로 '창선-삼천포대교' 같은 교감의 다리를 건너가려 한다고 생각한다. 다리를 건너다보면 필연적으로 저쪽과 이쪽을 알게 되며 다리 아래를 내려다보게도 된다. 다채롭고 복합적인 중층의 시선을 띄지 않을 도리가 없다. 이로써 박구경은 삶의 겉과 속을 아울러 들여다볼 수 있게 되었다. 사물을 입체적으로 교감하고 투찰(透察)하는 공감의 영역으로 진입한 것이다. 나는 이 점이 그의 시에 드리운 '맑고도 쓴 소주' 효과일 거라 여긴다.

다감한 배려는 따뜻하긴 하지만 일방적인 소통 방식이다. 너라는 타자와의 교감보다는 내가 가진 것을 네게 나누어

주려고 하는 데 더 강조점이 찍힌다. 따라서 타자 자체가 아니라 타자를 느끼는 나의 시선이 더 중요하게 작용한다. 이는 자칫 타자라는 사물의 본질을 왜곡하는 관계망을 형성할 수도 있다. 하지만 '맑고도 쓴 소주'의 관점으로 타자를 읽으면 나와 너는 같다. 양분되지 않는 것이다.

이렇게 형성된 그의 통찰은 '조선적 인정'을 품고 인류 보편의 어떤 경지를 향해 나아간다. 나를 쓰되 주관의 나가 아니라, 보편의 나로 바뀌어 확장되는 것이다. 이러한 통찰의 시를 잘 보여주는 작품이 또 다른 다리 이야기인 「사동교의 한 말씀」이다. 이 시에서 그의 공감은 민중 생활의 보편성까지 담아낸다.

> 느티나무씨! 타작마당 거기서 만날 나를 내려다보며 우습게 알고 있는, 나는 웬만하면 말을 잘 안 하는 곰골마을 금곡천 위의 사동교라는 다리요
>
> 봄비는 줄줄 내려 내 아래로 새 물길이 졸졸 트이는데 겨우내 바짝 타던 갈증이 좀 풀리려 하는 때 타작마당 당신, 느티나무씨가 자꾸만 제 자랑만 해대는 것이니 자랑에는 자랑만 있는 게 아니고 슬픔도 있는 것이라 강조해 한마디 하는 바요
>
> …(중략)…
>
> 당신 느티나무씨! 남해 새댁이 나를 지나서 이 다리를 건너면 다 온건가요? 하고 다홍치마 초록저고리에 자주

고름 목소리로 살포시 물어서 내가 분명히 두 다리에 힘을 잔뜩 주고 어서 오시라고 이제 다 오셨다고 신부를 맞았단 말이오!

내 비록 개울 위에 납작 엎드려 사는 몸이지만 느티나무 씨! 당신이 너무 늙고 병들어져 베어지면 마지막으로 내가 당신을 건너보내야 할 것이니 내 맘에도 쓸쓸함이 참 있다오

그러니 지난달 우리가 보낸 남해댁 생각으로 말싸움이나 억지소리는 그만 두시길 바라오!

자랑이란 어찌씨에는, 얇은 쇠붙이 따위가 서로 가볍게 부딪쳐 짧게 울리는 소리라는 뜻도 있다고 부연하오만

—「사동교의 한 말씀」 부분

이 시는 사동교라는 다리가 느티나무에게 건네는 이야기투로 구성된다. 타작마당을 제공하고 당산나무 역할을 하는 느티나무가 자기 자랑을 일삼자, 사동교가 이를 점잖게 타이르는 형식이다. 특히, "자랑에는 자랑만 있는 게 아니고 슬픔도 있는 것이라 강조해 한 마디 하는 바요"라는 시행에서는 그의 '맑고도 쓴 소주' 시관이 은근 배어나기도 한다.

이 시의 중심에는 곰골마을로 시집와 살다 죽은 남해댁의 일생이 자리한다. 남해댁이 어떻게 이 마을로 시집와서 살다갔는지 논쟁하는 모양새로 시가 전개되는 것이다. 하지만 남해댁이라는 개인의 삶에 초점을 기울여서는 곤란하다. 남

해댁이라는 인물이 주가 되어 보여주는 곰골마을 민중생활사의 면모가 그 골간이기 때문이다.

그저 평범한 일생을 살다 갔으나 사동교가 보기에 남해댁의 삶은 충분히 의미 있는 역사이다. 사동교와 느티나무, 그리고 또다른 남해댁 같은 곰골마을 사람들로 이루어진 공동체의 삶을 확대하면 그게 곧 우리의 굴곡진 역사일 것이다. 알고 보면 우리의 역사라는 건 이와 같은 남해댁들인 장삼이사(張三李四)의 수많은 집적들인 셈이다. 그런 면에서 사초의 기록자로 사동교를 등장시킨 이 시는 평범하면서 동시에 특별하다. 민중생활 서사의 흥미로운 단면을 사물의 관점에서 풀어쓴 통사로 읽히는 까닭이다.

「사동교의 한 말씀」이 민중생활사의 통시(通時)적인 접근이라면, 「골목 안 슈퍼마켓」은 공시(共時)적 교감이라 할 수 있다.

> 두 골목이 만나 한 골목으로 올라가기 전
> 붉은 글자로 상표를 박은 채 찢겨진 파라솔을 꽂은
> 플라스틱 테이블 두 개가 의자들을 삐딱하게 거느리고
> 앉아 있다
>
> 집에 다 왔으나 집이 아주 먼
> 30년 전 완행열차를 탄 것처럼
> 맥주나 땅콩, 소주나 오징어 따위를 늘어놓고

입석표를 끊은 사람들 앞에 으스대기도 하는
골목 안 슈퍼마켓은 정다운 대로 오래된 곳이다

조치원역 신탄진역 다 왔는데도
부산으로 가려는지 목포로 가려는지 얘기가 꼬리를 이으니
일부러 찾아 나온 마누라도 밀어 보내더니,
군에서 휴가 나온 아들과 마주 놀라고서야 겨우 자리가 났다

밤이 깊으니 나방이 날개를 칠 것처럼 불빛은 더욱 환해지고
막막하기는 비까지 추적추적 내리기 시작하는
구멍가게 수준의 친구가 하는 슈퍼마켓 앞이었다

—「골목 안 슈퍼마켓」 전문

골목에만 들어서면 누구라도 몸과 맘이 누그러진다. 잃어버린 추억은 샘솟아 나오고 긴장은 풀어져 뒤끝 헐렁해진다. 이럴 때는 누구라도 슬근슬근 흐트러진다. 짜임새 있는 격식은 벗고 "정다운 대로 오래된" "골목 안 슈퍼마켓" 의자에 눌러앉기 마련이다. "붉은 글자로 상표를 박은 채 찢겨진 파라솔을 꽂은/ 플라스틱 테이블 두 개가 의자들을 삐딱하게 거느리고 앉아 있"는 퇴락한 곳이지만, 어떤가. 낯선 사

람과도 흔쾌히 "조치원역 신탄진역 다 왔는데도/ 부산으로 가려는지 목포로 가려는지 얘기가 꼬리를 이"어 나간다. 급기야 "일부러 찾아 나온 마누라도 밀어 보내더니,/ 군에서 휴가 나온 아들과 마주 놀라고서야 겨우 자리가" 난다. 이런 게 이웃이며 공동체요 삶의 현장이다. 아마도 이 '골목 안 슈퍼마켓'이 곧 「사동교의 한 말씀」의 시에 나오는 사동교와 느티나무 앞 타작마당쯤 될 것이다. 도시인들의 공유지이자 놀이터라고나 할까.

한데 문제는 이러한 골목길과 '구멍가게 수준의 슈퍼마켓'들마저 사라지고 있다는 현실이다. 더 이상 사람들은 골목길 같은 공간에서 한담을 통해 서로를 알려하지 않는다. 나누는 너와 나는 없고, 그저 서로 고립되어가는 너와 나만 존재한다. 현대사회의 도시인들은 자폐적 고립 속에 점점 빠져들고 있다. 누구도 이에서 자유롭지 않은 것이다. 그러니 박구경의 조선적 인정은 얼마나 아프겠는가. 그의 시 밑자락에는 아픈 연대의 아릿한 연민들이 안타까이 스며 있다.

그런 면에서 나는 그가 시 「어둠이 내린 시간에」에서 내보이는 검은 비닐에 대한 태도를 뜻깊게 바라본다. "파릇한 봄날 쑥이 불러서 쑥에게 갔다가/ 검은 비닐이 얼굴에 두 겹이나 들러붙어서 허겁지겁 도망쳐야 했던" 이래, 그에게 검은 비닐은 반드시 떨쳐 내어야 할 대상이 되었다. 우리가 가장 흔하게 쓰는 검은 비닐이 그에게는 물리쳐야 할 악귀처럼 인식된 것이다. 나는 그가 맞닥뜨린 이 '검은 비닐'과의

쟁투가 상당히 의미 있는 시적 발견이라 생각한다.

검은 비닐은 여러모로 상징적이다. 우리 삶의 여기저기에 관여하는 친연성과 편의성을 갖고 있음과 동시에 검은 색으로 치부를 덮거나 숨기고 있다. 검은 비닐은 현대 사회 물질 문명의 양과 음을 한꺼번에 대변하는 인공물인 것이다. 너무나 가까워서 그 폐해가 잘 드러나지 않는 대표적인 물질이 검은 비닐 아닐까 싶다. 그런데 박구경은 이 검은 비닐에서 근대 문명의 해악을 본능적으로 직감한 것이다. 조선적 인정을 구현하는 민중 생활을 그르치게 만드는 근대 문명의 검은 마수가 바로 검은 비닐임을.

3

문제의식이 이쯤 이르면 시인의 다음 행보는 반문명 환경론자의 그것으로 달아올라야 한다. 보다 크고 세게 녹색운동의 대의를 외치는 것이다. 이게 일종의 발전 단계다. 하지만 박구경은 그 쪽으로 나아가지 않는다. 거창하고 뚜렷한 푯대는 그의 몫이 아니라는 듯, 거기서 문득 벗어난다. 그가 몸을 틀어 다다른 곳은 평화의 세계. 그는 인위를 다 벗은 "가장 간단한 차림"으로 평화를 읊조린다. "다만 어머니가 들려 준 배냇저고리의 착한 기억을/ 손바닥 속에 가만히 쥐고/ 콩꼬투리 돌아 나가는 바람처럼 부드럽고 평화롭게" 태

초로 돌아가길 꿈꾸는 것이다.

> 누구나 돌아갈 때가 되면 가장 간단한 차림이 된다
> 다만 어머니가 들려 준 배냇저고리의 착한 기억을
> 손바닥 속에 가만히 쥐고
> 콩꼬투리 돌아 나가는 바람처럼 부드럽고 평화롭게
>
> —「평화롭게」 전문

어쩌면 그의 이와 같은 바람은 참으로 실현되기 어려운 공상에 불과할지도 모른다. 현대인의 삶은 최후의 순간까지 온갖 탐욕을 둘러쓴 채 마감하기 십상이기 때문이다. 그럼에도 나는 그의 이 바람이 억지스럽게 여겨지지 않는다. 그와 함께, 그가 그리는 조선적 인정의 세계에서 살다가 나도 그처럼 저물고 싶은 것이다. 실로 그렇지 않은가. 우리의 참다운 삶이 어찌 '검은 비닐'과 '디지털의 표정'에만 머물러 있을 것인가. "콩꼬투리 돌아 나가는 바람처럼 부드럽고 평화롭게" 입김 나누는 너와 나의 교감이 아니라면 다 헛것 아닐까.

나는 그가 "들려 준 배냇저고리의 착한 기억을/ 손바닥 속에 가만히 쥐고" 너에게 건넨다. 수많은 너의 손이 설렘으로 떨릴 것이다.

시인의 말

오래되고 낡은 詩庫에서 끄집어낸 詩들을 묶는다
가만 보니 시도 늙고 시인도 늙었다

간밤에 내린 비는 빈 들 위에서 종일 젖고 있다
젖은 마을을 내려다보는 고요한 산,
차마 눈물이 되지 못한 비는
흙 속으로 스며들어 속으로 울리라
거기 드문드문 서 있는 노쇠한 나무들

맨 처음의 새싹이여 자기의 상처여!

차가운 비가 그렁그렁 시야를 얼룽이며
코로나19를 지나간다

2020년 6월
박구경